KB265386

이해되지 못한 이유로
울었던 날들에 대하여

이해되지 못한 이유로
울었던 날들에 대하여

송재은

가끔은 행복해지기가 겁이 나
불행하길 택하는지도 모른다는 생각을 해요.

입술 끝에 머무르다 사라진 말들

열심인 마음은 가끔 부끄러운 것이 되곤 합니다. 간절한 마음을 들키는 것 같아 그랬을까요. 그리하여 하지 못한 말은 얼마나 많았는지, 그것을 세다가 잠드는 새벽의 눈부심을 떠올립니다.

하지 못한 말이 있습니다. 어떤 말에는 자격이 필요한 것 같고, 당신이 내 말을 필요로 하진 않을 것 같다고 지레 겁을 먹었습니다. 삶을 알지 못해 울기도 했지만, 그 눈물에서 결국 발견하는 것은 이해할 수 없는 것을 이해하지 않은 채로 두어도 괜찮다는 사실 같습니다.

쓰인 문장들은 이해하지 못했던 날들에 위로가 됩니다. 당신 자신을 사소하게 흘려보내지 않으면 좋겠습니다. 사라진 것 같은 마음도 여전히 그 안에 남아있다는 것을 알아주기를 바랍니다.

재은 드림

"입술 끝에 머무르다 사라진 말들"

◯

**이해되지 못한 이유로
울었던 날들에 대하여**

이해되지 못한 이유로
울었던 날들에 대하여

나를 슬프게 하는 것

　　종종 어제의 나에게 상처 준 사람을 생각하며
삽니다. 지금의 곁을 지켜주는 당신들을 시간이 흐
른 뒤에 그리워하게 될 거라는 건 알지만, 여전히
지난 시간에게서 벗어나 지지 않는 오늘을 지내요.
언제고 어제를 되돌리고 싶은 마음으로 살지는 않
겠지만 피할 길 없이 떠오르면, 그때는 언젠가는 다
시 잊게 될 날이 무서워 울어요. 그와 나란히 앉아
지하철 정거장을 수없이 지나던 시간마저도 행복할
뻔했다는 걸 이제야 새삼스레 말 할 수 있게 된 것
처럼, 놓친 마음을 떠올리느라 뒤척이는 밤이 늘고
이제는 변명일 수밖에 없는 말을 결국 또 하지 못
하는 나를 아쉬워하겠지만, 아마 앞으로도 그렇게
살겠지요. 그럴 때마다 집밖에 나서지 못하게 되는
정도의 무기력이나 아무에게도 답하지 못하는 나
날을 보내고, 술을 마셔도 취하지 않는 불청객 같
은 불쾌한 정신을 한동안 이고 지내요.

이 순간의 당신들을 똑바로 마주하고 살자는 꿈같은 말을 몇 번이고 자랑인 듯 내뱉으면서도 아마 앞으로도 계속 오늘을 아끼지 않았던 마음을 미워하겠지요.

가끔은 행복해지기가 겁이 나 불행하길 택하는지도 모른다는 생각을 해요. 그를 처음 만난 날 파도에 슬쩍 뒷걸음질 치는 마음처럼 조바심을 냈어요. 행복만큼 솜사탕처럼 달콤하고 가벼운 말도 없지만 그만큼 몸을 망치고 곧 녹아내릴까, 나를 끈적하게 옭아맬까 두려운 것도 없어서 나는 곧잘 눈앞의 영원을 의심하곤 해요. 결국 변한다는 사실이 무서워 늘 기대한 만큼 울지 않으려고 밀어낸 것들. 나를 어르고 달래 저 물에 뛰어들자던 사람들은 간데없고 나만 푹 젖은 채 발목까지 모래를 묻히고 집으로 돌아가는 길이 비참했던 날이 자꾸만 생각나서 아무것도 할 수 없다는 생각에 사로잡히면, 아무렇게나 지나가도 괜찮은 날들만 남아요.

그렇게 또 한번 좋아하는 이름을 잃어버리고도 다시 괜찮아져야 하고, 궤도에 적응하려는 마음이 소란스러워 잠 못 드는 밤이 늘어요. 다툴 사람은 따로 있는데 영 미워지질 않아서 화살은 어디로도 가질 못하고 탓할 수 있는 건 나뿐인 것도 벅차고, 좋아하던 마음은 다 어디로 갔는지 잃은 것이 많아 혼자 하루를 채우기가 버거워요. 매일같이 좋아하는 이름이 생겨나던 시절엔 그들을 하나씩 불러보는 것만으로도 시간이 부족한 것 같았는데, 나는 이제 시간이 너무 많아 부를 이름이 부족하네요. 자라지 않는 마음은 상자에 넣어 먼지 쌓이게 두고 싶어요. 왜 나는 꼭 좋은 날이 지나고 나서야 어른이 되는 기분일까요. 평생 지나간 것들을 그리워하며 살지도 모르겠어요. 좋아하는 걸 잃고 적응할 때마다 지어낸 변명과 핑계에 옴짝달싹 못 하게 묶인 것 같아요. 익숙해지고 싶진 않은데 익숙해지지 못한 내일도 무섭고요.

사랑을 잊는 물

* 망정수 忘情水, 천여지 original sound track

이상한 이야기를 들었어요. 사랑을 잊게 하는 물이 있대요. 사랑은 어떻게 잊힐까요. 언제부터였는지 알 수도 없는, 나도 모르게 시나브로 사랑에 빠진 그 순간부터 오늘까지의 감정이 거짓이 되는 걸까요. 쉽게 잠들 수 없는 밤에 가만 앉아 당신을 생각해요. 억지로 사랑을 잃을 나를 탓하지 않을 자신이 있는지 몇 번이고 물었어요. 그만큼의 기억을 덜어내고 나면 평생 얼굴 없는 누군가를 그리워하며 살 텐데.

매번 다른 사랑을 시작한 자신이 미워 운다던 사람의 말을 기억해요. 다들 결국 거짓말이 되어버린 지난 사랑에 부채를 안고 살아가잖아요. 어차피 우리는 결국 지워질 텐데. 다만 잊히는 것은 나를 사랑하지 않는 당신의 표정 같은 것들, 오래도록 기억에 남는 건 지켜지지 않은 약속이라 기억의 불균형과 마음의 잔여를 잊기 위해 다른 품을 찾아요. 그곳엔 자신을 잃은 내가 있죠.

왜 미워하는 마음은 그리움이 물결칠 때마다
희미해지고, 사랑은 견고해질까요. 시간이 아무리
흘러도 슬픈 영화엔 면역력이 생기지 못하고 아픈
장면은 영 익숙해지질 않아요. 그날의 대사를 다
외운다고 해도, 당신을 마지막으로 보던 날로 돌아
가면 나는 주저앉아 엉엉 울겠죠. 사실 나는 몇 번
이고 울고 싶어요. 우리가 사랑한 채로 남을 수 없
다면 당신을 슬픔 속에 담아두고 나도 그 속에 잠
겨있게요. 차라리 슬픈 것도 나는 괜찮을 것 같아
요. 언젠가 영화에서 그러던데요,

"사람의 희망은 슬픔으로 쓰여 있어."

희망은 슬픔 가운데 머무르고 행복은 자꾸만
불행을 상상하게 해요. 사랑해서 행복한, 사랑해서
불행한 나는 지금 이대로도 좋아요.

누군가 나에게 말했어요. "넌 너무 행복한 건 안 어울려. 말로 표현할 수 없지만 말이야." 또 다른 사람은 이러더군요. "넌 불행에서 적극적으로 빠져나오려고 하지 않잖아." 당신을 만난 만큼의 시간을 보낸 뒤에 또 다른 이가 다그치듯 말했어요. "넌 그 사람으로 인해서 불행한 상황마저 사랑하고 있는 것 같아." 나는 우리가 사랑한 것 이상으로 불행할 수 있다는 걸 알아요. 행복해서 울었던 만큼 가끔은 슬픔이 나를 포근한 물속에 잠겨있도록 해준다는 것도.

아마 사랑을 잃은 당신은 나의 아름다움부터 잊었겠죠. 늘 그 자리에 있던 주근깨가 미워 보이고, 당신이 늘 입 맞추던 쌍커풀 없는 눈은 이제 충분히 낯설지 않아서 당신 눈동자를 빛나게 하지 못해요. 나의 자유로움은 당신의 불안정한 내일이 되고, 서로에 익숙해진 오늘은 더 이상 나에게 듣고 싶은 이야기가 없게 해요. 섬머를 미워하던 톰처럼, 사랑은 변덕스러워서 당신을 당신이게 했다가 당신이 아니게 했다가. 불을 끄면 마주 누워 이마부터 턱 끝까지 매일같이 신기한 듯 나를 매만지던 당신 손은 이제 금세 꿈속을 헛돌아요. 그렇다고는 해도 내가 꼭 행복해야 하는 건 아니잖아요. 당신을 잊는다고 해서 행복해지지도 않을 텐데, 나는 아직 조금 더 불행할 수 있어요.

왜 미워하는 마음은
그리움이 물결칠 때마다 희미해지고,
사랑은 견고해질까요.

면역력

지난 사랑의 흔적을 고민하는 시간이 찾아오는 밤에, 눈을 뜨면 후회할 마음을 밀어내기 위해 즉흥적인 사람이 되려 부단히 노력해요. 홧김에 당장의 슬픔을 기대어 놓고 싶어요. 영화 이터널 선샤인에서 조엘은 연인의 기억을 지우기 위해 라쿠나사의 프로그램을 신청하지만, 막상 그녀가 희미해지기 시작하자 그녀의 손을 잡고 라쿠나사의 기술자로부터 도망쳐요.

나는 그런 사람이 될 것 같아요. 사랑이 사라지고 나면 슬픔이 간절해 주저앉아 울 것 같아요. 기억의 장면이 줄어들고, 당신 손이 닿았던 감각을 다 잊고 우리가 다 지워지고 나만 남으면 아픔을 더 많이 상상하게 될 것 같아요. 빈자리를 마련하면서 다시 당신을 생각해요. 여기에 누가 있었지, 하고요. 희미해지는 것들을 붙잡지 못해서 울고, 다시 생각이 나서 울고, 생각이 나지 않으면 그 자리에 앉아서 엉엉 울어요.

그날 당장의 괴로움에 당신들의 손을 놓아버린 이유로 텅 빈 그리움을 후회할 거예요. 평생을 흔들리며 살겠죠. 잊어도 되는지, 좀 잊으면 안 되는지, 당신이 내 손을 먼저 놓는 건 아닌지, 다른 사랑이 찾아오진 않을는지도요.

다만 어떤 선택이라도 사랑은 멀리 가지 않을 거예요. 잊는 것도 사랑, 잊지 못하는 것도 사랑, 잊은 뒤에 다시 손을 잡는 것도 사랑일 테니까. 그게 무엇이든 오늘에 솔직한 선택을 해요.

옳은 질문

"우리가 누군가를 사랑할 때,
무엇을 사랑하는 겁니까."

나는 당신들의 어떤 점을 사랑했을까. 쉽게 답할 수 없는 이유는 뭘까. 관계가 어그러지고 흩어질 때마다 이유를 알 수 없어 끙끙 앓던 나는 정말 사랑에 울었던 걸까. 상실 그 자체에 눈물을 흘렸던 건 아닐까. 그럼 난 무엇을 잃었던 걸까. 당신의 선과 흠 모두를 사랑했다고 믿고 싶지만, 사랑하는 나를 사랑하고, 더 이상 그 안에서 안정을 얻을 수 없게 된 것을 슬퍼하고 있던 것은 아니었을까.

보이지 않는 사람

나는 당신을 더 알게 될수록 관계를 맺을 용기가 사라질 것 같아요. 더 까다로워지고, 고민할 게 많아질 테니까. 손을 잡고 싶다는 생각이 망설임으로 변하는 데에는 오랜 시간이 걸리지 않아요. 손을 잡을 수 없다고 생각하게 되기까지 한순간의 의심이면 충분하니까. 당신을 아주 조금 알았을 무렵에, 당신을 좋아할 이유밖에 몰랐을 때에, 작은 증거들을 모르는 척할 수 있었던 그 처음의 순간에, 나는 당신을 좋아해서 미성숙한 인간이 됐어요. 밝은 빛은 사물을 가려요. 나는 보이는 만큼 더 모르는 기분이 돼요. 알면 알수록, 아니 알게 되었다고 믿는 만큼 당신이 희미해져요.

결벽

사랑에는 어느 정도 자기만의 결벽이 있어야 한다고 생각해요. 들어봐요, 나는 새로운 만남에 결벽증이 있어요. 지난 당신들의 그늘에서 벗어날 때까지 다른 사람을 안을 수 없어요. 모든 이야기가 거짓으로 남아버린 시간에서 벗어나지 못한 채 새로운 이야기를 쓸 수는 없으니까요. 그럼 내가 지어야 할 표정이 헷갈리고, 말이 꼬이고 우리는 다 망치고 말 테니까. 다만 아무리 문질러도 절대 투명해지지 않는 것들. 예를 들면 나에게 아무도 해주지 않았던, 당신이 처음이었던 순간들을 잊어야 해요. 당신 덕분에 좋아하게 된 것들을 다시 원래대로 돌려놔야 해요. 매번 처음인 시간을 겪고 나면 그 사람만이 특별한 것처럼 얼굴을 마주 보고 좋아한다 말해주고 싶거든요.

미련을 가진 채 사랑하는 게 뭐가 나쁘냐고 물으면, 어쩔 수 없는 이기적인 마음이 물끄러미 쳐다봐요. 나는 결백해지고 싶어요. 누구든 그렇잖아요, 상대를 상처 주고 죄책감 느끼고 싶진 않으니까 차라리 거짓말을 하고 말잖아요. 나쁜 역할을 맡느니 상처받는 사람이 되고 말래요. 나를 무구하게 여기는 사람에게 솔직하지 못했지만, 깎여나가는 마음을 감당하는 대신 열없이 착한 사람이 되고 만 거예요. 사랑을 받는 것만으로도 감내해야 할 고통이 있어요. 결국 나는 그 사랑 없던 시절로 돌아가서 다시 행복하기를 선택하지는 않을 테니까. 아픈 사랑을 잊고, 이러나저러나 또 어떤 사랑을 하고. 운이 좋으면 상대와 균형을 맞춰 행복할 거예요. 사랑을 잊는 물이라는 건 슬픔이나 거짓말을 잊는 물 아닐까요. 슬픔에 사로잡히지 않기 위해서, 지난 죄책감에서 달아나기 위해서 마시는 물인 것 같아요.

우리는 종종 사랑에 빠진 자신을 보며 그 감정에 취한 채로 살아가요. 사랑에 빠진 사람은 사랑스러워서, 결국 자신의 사랑스러움에 집착하게 되고, 그렇게 사랑하는 마음만으로 만족스러울 수 있다는 걸 알아서 나는 다른 관계에 힘껏 뛰어들지 못하게 만드는 지난 사람을 잊어요. 그가 나에게 해준 모든 처음과 약속을 지워요. 오늘도 사랑에 빠지려면 기억은 결백해야 하거든요. 난 거짓말을 잘 못 해서요. 좋아하는 마음을 잊어요. 이제 나는 무엇으로 이루어진 사람인지 모르겠어요.

사실 나는 당신들을 투명하게 닦아내지 못했어요. 지난 시간을 아주 탁한 색으로 덮어가면, 물감을 여러 번 덧칠하면, 보지 않고도 살 수 있는 걸까요. 겹겹이 쌓인 그들이 구별 되지 않는 지금이 좋은 걸까요. 가끔 검은 그림에 스크래치를 내어 그 밑에 반짝 거리는 것들의 파편을 볼때면 그것이 내 기억인가 싶어요. 입술을 매만지던 그 사람과 늘 어깨를 단단히 붙들던 이가 같은 사람이었나요? 슬픔만 남은 줄 알았던 자리에 무언가 빛나고 있었어요.

어쩌면 나는 나만 사랑하고 있었는지도 모르겠어요. 내 사랑은 다 같은 것인데 사람을 구분하는 게 의미가 있을까요. 나만 생각하면, 거짓말 같은 것도 안 해도 되거든요.

결국 나는 그 사랑 없던 시절로 돌아가서

다시 행복하기를 선택하지는 않을 테니까.

만약에

어느 시절을 함께 보낸 당신의 "나는 원래 잘 표현하지 않는 사람"이라는 말을 듣고 하고 싶은 이야기를 담은 입을 다물었던 적이 있어요. 그런 당신을 미워할 자신이 없어서, 나를 사랑하지 않게 됐는지도 모른다고 말할까봐. 잠깐의 상황을 모면하기 위한 핑계였는지, 이제 그게 사실이었는지는 중요하지 않죠. 더 이상 보채지 않는 나를 보며 당신이 만족했을지, 가슴을 쓸어내렸을지는 알 수 없지만 돌아서면 기억조차 못 할 사소한 일이었을 거란 생각에 나는 지금까지도 마음이 쓰려요.

알아요. 사람은 고쳐 쓰는 거 아니라는 말. 누군가를 만날 때마다 절실하게 배워와서 이미 그렇다 하면, 그렇구나 할 수 밖에 없다는 거 잘 알아요. 사람은 변할 수 있지만 마음을 억지로 움직일 수는 없고, 나는 자연스럽게 당신을 바꾸는 법은 알지 못했어요. 다만 당신은 그날 참 비겁했다는 말을 하고 싶었어요. 원래 그랬으니 계속 그래도 되는 거냐고 묻고 싶었어요. 우리가 서로 알아가며 맞춰 가는 게 아니라 내가 당신을 배우는 것 같았으니까. 사랑한다는 말을 듣지 못한 것보다 원래 그렇다는 말을 들은 것이 야속했어요. 당신은 나로 인해 바뀌지 않을 거라는 확고한 대답에 나는 가끔 상처받지 않기 위해 망설였고, 용기를 내었다간 울고 말았어요.

이따금 '원래'라는 말에 얼굴을 찬물로 씻은 듯 푹 빠져있던 관계에서 깨어나요. 만남을 경계하게 돼요. 의도했든 그렇지 않았든, 간격을 벌리기에 효과적인 말. 별거 아닌 단어 하나에 당신에게 더 이상 바랄 수도 기댈 수도 없게 돼요. 우리의 관계는 타협의 여지도 없이 그 얇은 선을 넘어갈 수 없게 됐으니까. 가벼운 단어 하나에 얇고 투명한 벽이 우리 사이를 가로막고 서로에 늘 멀리 돌아가게 만들어요. 영영 메아리치는 마음이 생기고 말아요.

나는 원래 바른말만 한다는 그럴듯한 이유로 사람들에게 상처를 줬어요. 듣기 싫은 말을 꺼내며 옳고 그름만을 따지던 때, 원래라는 작은 도구를 무기 삼아 사람들을 울리며 내 기분을 보호했어요. 모난 자존감을 지키기 위해 타인의 연약함을 들추고 내키지 않는 일에 져주고 싶지 않은 속 좁은 자존심이 타인의 잘못을 지적하게 만들어요. 틀린 말 하나 없다는 비겁한 위안을 하며 상처받은 사람들의 입을 막아요. 틀리지만 않으면 아무것도 잘못되지 않을 줄 알았어요. 그들의 우울이 내 탓이 아니라고 믿었어요. 누군가의 가슴을 아프게 하는 게 잘못인 줄도 모르고.

우리 모두 가슴 속에 '원래 그런 모습' 하나쯤은 안고 살지 않나요. 나약한 사람 마음은 나에게만 적용되는 원래 그런 내 모습을 꺼내 들곤, 잘못을 인정하고 자신의 연약함을 받아들여야 할 상황을 모면해요. 사실 처음부터 원래 그랬던 건 없었는데도, 어디서 묻어왔는지 알 수 없는 얼룩 같은 온갖 낡은 요령으로 스스로를 보호하는 거예요. 관계에 상처를 내는 한이 있더라도 당신이 지지 않기 위한 방어 기제 하나 마련했을 뿐이지 않은가 탓하고 싶었어요. 당신의 상처를 감추려는 노력이 누군가에게 다시 상처를 주는 일은 아무것도 나아질 수 없게 하니까.

　원래라는 말을 하는 건, 당신이 나를 소중하게 여기지 않는다는 뜻인지도 모르겠어요. 소중히 다루는 법을 몰라서 그랬는지도. 나를 위해 바뀌지 않을 거라는 선언이었는지도. 나를 사랑하지 않았을 당신과 나 자신만 소중했던 이기적인 나는 "원래 그렇다"라는 말을 하면서 무감해졌던 건지도 몰라요.

겁을 먹지 않았다면 원래 그렇게 살아왔을 당신에게 내가 느꼈던 감정을 표현할 수 있었을까요. 그럼 우리는 원래보다 더 나은 삶을 함께 지낼 수 있었을지 상상하곤 해요. 만약에, 라는 단어는 중독성이 강한 진통제 같아서 나를 지난 시간에 매달리게 하지만, 그날을 곱씹으며 고민하는 것만으로 다시 만날 비슷한 당신과는 다행스러운 내일을 살 수 있을 테니까. 하는 괜찮은 핑계를 대며 냉정하고 미운 단어를 하나 지워요.

환절기

종종 생각해요. 과거로 돌아갈 수 있다면 어디로 갈지. 시간이 흐를수록 그 지점을 양보하기는 어려워지고 상상은 희미해져요. 사랑스러운 사람들이 인생에 끼어들고, 영영 모른 채 살고 싶지 않은 일을 손에 꼽게 되면, 포기할 수 없는 세상이 생겨요. 바꾸고 싶은 순간을 지우기 위해 그 뒤에 묻은 무수한 감정을 도려낼 수 있는지 물어요. 되돌리고 싶다는 마음의 크기가 다른 기억보다 우선해도 되는 건지, 아무것도 되지 못한 영수증 용지가 로또가 될 때까지 몇 번이고 돌아가 그 순간에 붙잡혀 살 건지. 슬픔과 실수를 지우고, 영영 오늘의 눈물을 외면하고, 결코 가득 차지 않는 만족을 멀거니 들여다보며 살아갈지. 더 나은 뽑기라는 게 존재하긴 할까요.

이터널선샤인에서 결국 기억을 지운 두 주인
공이 다시 만나 사랑에 빠지고, 기억을 지웠다는
사실을 알고도 다시 한번 손을 잡길 바라는 것처
럼. 더 나은 미래란 없을지도 몰라요. 오늘이 도대
체 몇 번째 과거인지 알게 뭐람.

잊고 싶은 당신을 돌아봐요. 언제까지고 당신을 덜어 내지 못하는 건, 행복이 좋은 일만으로 얻어지는 게 아니란 걸 알아서일 테죠. 행복이 존재하지 않으면 불행할 일도 없고, 불행할 일이 없다면 행복이란 감정도 무미건조해질 거예요. 어쩌면 행복해지기가 겁이 나 불행해지길 택하는 게 아니라, 불행할 걸 알고도 행복을 택하는 게 아닐까. 감정이란 총체적인 경험의 건설이라 덜어내고 괜찮아질 수 있는 가벼운 것이 없어요. 온전한 겨울을 갖기 위해 여름을 감내하는 것처럼. 언제든 기억을 되돌릴 수 있다면, 계속 반복할 수 있다면, 늘 과거를 쫓아 살고 말겠죠. 누구도 온전히 사랑하지 못하고, 이게 최선이 아니라고 믿고 싶어지겠죠. 작은 기침에도 소스라치게 놀라 다시 돌아갈 버튼을 누를 거예요. 마음이 내려앉는 데에는 영영 익숙해지지 않겠지만, 계절마다 찾아오는 환절기 감기가 그렇듯, 고스란히 품고 지나 보내요.

외로움

그런 날이, 그런 기분이 있어요. 혼자가 아닌데도 외로워 이 처지를 어디 하소연할 수 없고, 더 큰 초라함을 느끼는 순간이. 나 혼자 들떠있었구나, 나만 당신이 궁금하구나 하고요. 한 드라마에서 이혼을 택한 사람이 외롭지 않냐는 물음에 "외롭죠. 그런데 둘일 때보다는 덜 외롭더라고요." 답해요. 어쩌면 당신에 투영한 기대와 사랑이 외로움을 만들어내는 지도 몰라요. 기대가 클수록 쉽게 상처받고, 곧잘 외로워져요. 관계가 일방향이라고 느끼는 순간도 기대한 감정과 표현을 돌려받지 못해서였어요. 듣고 싶은 말이 있었는데, 오늘 하루가 어땠는지 궁금한데, 서로에 무성의한 답이 늘어가는 소원한 날을 보내기 시작해요.

　　기대는 설렘과 불안을 동시에 안겨줘요. 우리
는 꼭 롤러코스터 같은 기대가 믿음이 되기를 바라
죠. 다만 믿음이란 홀로 자라지 않는 것. 담백한 사
랑과 필요의 말이 서로의 간격을 채워줄 때에야 싹
을 틔우는 것이라, 한 사람의 마음만으로는 성장하
지 못해요.

　　영화 주인공은 물어요. "사랑이 어디에 있어?
볼 수도, 만질 수도, 들을 수도 없는데." 사랑은 눈
에 보이지 않고 느낄 수만 있어요. 피부로 다가오
는데 촉감은 없어요. 마음은 고정된 형태가 아니라
그 어떤 것으로도 오래 증명할 수 없고, 우리는 몇
번이고 마음을 열어 보일 준비를 해야 해요.

　　"오늘은 사랑하는데, 내일은 모르겠다."던 소설 속 그녀의 말처럼, 나는 나의 마음도 어쩔 수가 없지만, 사랑이 없는 곳에 오래 머무르지는 않으려고 해요. 나는 혼자 남아 그 모든 기억을 소모하고, 감정이 다 닳도록 쓰고 내 발로 외로움을 떠날래요.

보는 이 없어도 눈은 내리고

눈은 온종일 오는데 한 톨도 남지 않고 사라집니다. 가벼움 탓인지 끈기가 없고 아무도 머물러도 괜찮다 말해주지 않아서인지 차마 염치를 챙기거나 문을 두드리고도 안으로 들어가지 못했던 날들을 생각합니다. 한 번 더 돌리면 열렸을지도 모를 온갖 뚜껑들과, 한참 당신 마음에 뿌려도 하나 닿지 않는 것 같던 나의 말처럼 언제까지고 단단하게 내려앉지 못했던 것들. 힘없이 흩날리는 나의 목소리가, 쌓이지 못하고 땅만 적시는 진눈깨비처럼 느껴질 때, 당신이 보고 있지 않아도 눈은 내린다는 사실을 문득 깨달아요.

　　어떤 마음은 전해지지 않는다는 걸 알고도 흐르는데, 나는 닿지 못한 채로는 흐르지 못할 거라고 믿어왔던 날을 떠올립니다. 보아주는 이 없어도 여전하다는걸, 마주치지 않아도 소리는 난다는 걸 종종 잊어버립니다. 꼭 내가 사라질 것만 같아서, 당신이 곁에 없으면 나는 희미해질 것만 같아서 옆에 선 당신의 옷자락을 몰래 꼬옥 잡았던 날이 생각납니다.

수 없던 날이 무색하게 나는 아직도 여기에 있어요. 사라지지 않도록 혼자로도 온전함을 배우면서요.

○

나로부터
살아남은 밤

행복의
시도

　나는 꽤 오랜 시간을, 행복하지 않기 위하여 분
투했다. 왜 삶이 무료하느냐고 수십 번씩 묻고, 이
모든 피로와 자괴가 온 곳을 향해 걸었다. 길 끝
에, 만족하지 않는 일만이 가치 있다 믿는 내가 있
었다. 반대를 위한 열정만으로 손쉽게 진리를 세우
려고 했다. 진심 아닌 방법으로 가장 진심인 인간이
되려 했다. 무엇으로든 가득 채우기만 하면 된다고
믿으면서.

늘 비슷했다. 알 수 없는 괴롬에 며칠, 몇 주를 어떻게 흘려보냈는지 싶을 때쯤 진탕 취해 갑자기 깨어나는. 이해할 수 없지만 분명한 이유가 있는 방황에 갇힌 지금, 나는 꽤 오랜 시간을 편안함을 뿌리칠 당위를 쫓았다. 나를 안심시키는 사람들의 모든 문장과 작게는 단어까지 의심했다. 괜찮다는 말조차 믿을 수 없었다. 나는 아주 긴 시간을, 행복하지 않기 위하여 분투해왔다. 사람들을 믿지 않는 방식으로.

중독

스스로에 안 된다고 자주 말했다. 선을 그었다. 갈 수 없는 곳이 많아졌다. 설 곳이 좁아졌다. 외로웠다. 어디가 밑바닥인지 알 길 없어 떨었다. 긴 긴 시간을 떨어지다 어쩌면 추락하는 일엔 한계가 없는지도 모른다는 생각이 들었다. 돌아가야 했다. 어디로 돌아가야 하는지도 알 수 없었지만, 바닥이 없다면, 떨어지는 일이 끝나지 않을 거라면 마음 편히 추락의 길에서 휴식을 취하고 마음을 먹어야 했다.

괜찮다고 말하는 순간 너무 많은 것이 괜찮게 되어서 허탈했다. 실은 아무것도 아니었다는 걸 알았다. 유난하게 굴지 않으면 내가 아무도 아니게 되어버릴까 무서워서 괜찮지 않다고 믿었는지도 모른다. 나를 소외시키던 외로운 날들은 내가 만든 허상이었다.

손톱을 물어뜯는다. 입술을 물어뜯는다. 상처에 딱지가 지면 뜯어낸다. 술을 마시고 토기가 올라올 때까지 먹었다.

눈이 쉽게 나빠졌다. 키가 빠르게 크는 아이들이 흔히 그렇다고 했다. 성장기에 자세가 나빠 허리가 구부정해져 버린 것처럼, 무엇이든 그날에, 그런 줄도 몰랐던 그때에 잘못된 것을 평생 안고 살아가는 지도 몰랐다.

그러니 나는 쉽게 나빠질지도 몰라. 성격도, 마음도 쉽게 비뚤어질지도 몰라.

몸을 망가트리며 쾌감을 느끼지는 못해도 나는 얼마간의 안정을 얻었다. 긴장이나 권태의 유예였다. 시간과 공간을 미뤄두었다고 믿게 하는 마비 같은 것이었다.

그날에만 있는 사랑이 나를 지나쳐가게 내버려 두었다. 눈을 감고 귀를 막고 선명하고 반복하는 고통에 집중한다. 모든 연민이 나에게 향했다.

스스로에 온갖 부정을 저지르고도 타인에게 엄격했다. 당신들의 언어에 제약을 가하고 문장을 빼앗았다. 어느 날엔 그 명징한 문장에 나 자신이 꽁꽁 묶여있었다. 나는 늘 변덕스러운 바람처럼 외로웠다. 따듯함에서 애처로움을 보고, 쌀쌀맞은 것에만 아쉬움을 느낀다. 삶에 주어진 것들을 늘 거꾸로 보는 것은 생의 끄트머리에 걸려 있는 기분으로 사는 것이다.

고백하는
인간

잊히는 것과 잊을 수 없는 것이 있다. 예를 들면 새벽, 당신 얼굴, 지루하도록 긴 시간을 내내 만나지는 아직도 곱씹을 것이 남은 찬란함. 아름다움에 몇 번이고 되돌아가 바라보다 벗어날 수 없다는 걸 깨닫는다. 이내 명백히 귀했던 여타의 존재들처럼 잊히거나 하지 않겠니, 고개를 젓는다.

당신은 겨울의 서리. 서리 아래에만 존재하는 언어 같아. 깨끗이 닦아낸 창에서는 비치지 않는 얼굴. 기록해지지 않는 희미한 문장 같아. 행복의 단어에서 찾아낼 수 없는, 습기 가득한 장소에만 존재하는 물기 어린 순간에만 보이는 그늘진 모습, 코 아래 지는 입술을 가리우는 그림자, 섬세히 그어진 눈을 지우는 어두운 속눈썹, 촘촘하고 검은 눈썹이 기울어져 그리는 그림 같은 감정. 나는 알 수 없는 어떤 긴장으로 빳빳한 종잇장 이마에 내 입술로 물감을 문지르고 싶다.

전혀 기록되지 않은 날들이 있다. 그 시간은 남겨질 수 없는 멜로디로 몸속에 내내 울려 퍼진다. 내 안에 끊임없이 공명하는 울음과 새벽에 새벽의 새벽 같은 당신을 그리는 일이 하나 같다. 고백하는 인간은 아름답다. 깨질 것 같이 투명하고 나약한 사람들은 자신을 털어놓는다. 가장 강인하고 떳떳한 방식으로 자기 불신을 타인에 대한 믿음으로 전환하는 마음을 가진 이들은 어디에서 오는 걸까.

기록되지 못한 새벽. 기록하는 방식으로서 아무것도 남기지 않는다.

우리는 서로를 이해할 수 없으니까. 말할수록 멀어지니까. 불확실한 언어로 그럴듯한 문장을 꿰어 해석할 수 없는 복잡한 거미줄로 친다. 한숨에 날아가 버릴 아슬아슬한 줄타기. 침 발라 지은 조악한 종이성에 낸 나의 불투명한 창 사이로 흐릿한 당신이 보인다. 이제 절대 보이지 않도록 계속 입김을 불어댄다. 그래야 이 안의 나도 보이지 않겠지. 좁디좁은 불안 속에 숨어 창 대신 가슴을 쓸어내린다.

잊을 수 없는 것은 당신의 얼굴, 잊히는 것은 지금의 나.

당신을
곧 잃을 이유

매일같이 실수한 것 같다는 생각에 사로잡힌 채 밤과 새벽 사이를 방황합니다. 알지도 못하는 가정의 잘못들을 애써 더듬으며 뒤통수에 스미는 자책과 무슨 책을 잡혔는지 알지도 못하고 바라만 보아야 하는 침묵의 거리에 겁을 내요.

　　모래성은 스르르 무너지는 소리도 없이 고운 방식으로 흘러내립니다. 아무도 남지 않은 자리에 허무를 짓고 손끝의 모래가 몇 번씩이고 훑어간 상실의 감각에 우리 더 이상 서로가 서로를 모르고, 몰라서 모르는 만큼의 나는 불신 같은 것들로 채워진 사람 같습니다. 지나간 시간을 의심만 하고 나를 믿지는 않아요.

흐릿한 채로도 선명하게 진 얼룩에 숨이 가빠오고, 비스듬히 누인 나른한 육체에 급하게 뛰는 심장이 몸을 덥히고, 악몽에서 깨어나는 방식은 늘 축축해서 불쾌한 얼굴로 어두운 방의 거울을 쳐다봅니다. 변명하고 싶어 하는 입술의 단독 소행이었던 말들을 주워 담으려는 시도는 실패로 굴러가고 이제는 기억도 나지 않는 철 지난 문장들을 곱씹으며 당신을 곧 잃을 이유를 미리 지어내요.

고요에 소요를 앉히고 물끄러미 들여다보는 밤. 침잠하기를 거부하고 자책을 피하고 본인을 사랑하면, 싫었지만 실수하지 않도록 웅크렸다 귀를 막고 반복하는 멜로디를 흥얼거리다 보면 시간은 잊히고 나는 한 발자국도 나서지 못한 그 자리에 남아있습니다.

다정한
시선

    도시를 가로지르는 강가의 물안개가 걷히며 우리가 서로에게 보인다는 사실이 서로를 부끄럽게 했다. 알면 알수록 당신들이 낯설었다. 뿌연 안개 속에 모두 담겨있을 때에 우리는 자유로웠는데, 타인의 시선은 나에게 이미 아는 답을 읊으라 한다. 잘 보이는 것은 얼마나 우리를 옭아매는지.

맑은 시야를 가지고도 나는 먼 풍경을 보기
보다는 가까운 것들과의 간격을 줄이는데 열심이
었다. 이윽고 경계선을 지우고 하나가 되기를 바랐
다. 순진하게 그저 멀리서 바라만 보기가 안되었다.
우리가 다른 것이 두렵기도 해서 비밀을 다 잃버리
기를 바랐다.

비로소 생에서 곁도는 나를 발견한다. 나 아닌 것과 하나이고 싶은 마음이, 백을 다 주고 백을 다 받고 싶었던 마음이 나를 잃게 했다. 다만 잃고 나서 얻는 것은, 보지 못했던 것을 보는 것. 바깥을 생경하게 보게 하는 눈. 겨우 내 발끝을 가릴 그림자만 찾던 나를 늘 바라봐주던 시선.

잘 보이는 것은

얼마나 우리를 옭아매는지.

○
가장 자주 반복되는
가장 보통의 단어

1

미뤄두면 언젠가는 다 죽어버리고, 사라져버리고, 너는 창백한 얼굴이 된다. 그리움은 그제야 큰 창으로 남아 나는 그 앞에 쓸쓸히 서서 대체 누가 이렇게 큰 창을 내었느냐고 결국 나의 뒤통수에 대고 욕을 하는 것이다.

2

오늘의 추천 메뉴에는 관심이 없었다. 눈여겨 둔 허접한 피규어가 나올 때까지 드르륵드르륵 오백 원 동전 꽂은 기계를 돌려댔다. 무엇이 나올지 알 수 없었는데, 일등도 일 번도 상관없었다. 무엇을 바란 것도 아니었고, 사실 아무것도 바라지 않았는데, 그저 꼭 맞는 옷을 입고 싶었을 뿐인데 유난하게 갈 곳 없는 스물다섯이었다.

3

　밤사이 무수한 당신들에 전부 답을 하고도 아직 한 글자도 적지 못한 내 마음을 멀거니 바라만 보고 있었다. 사랑이 별똥별처럼 식고 태우고 스러지던 시절. 그때에만 의미를 가질 문장을 고민하던 순간들 속에. 영영 그 안에만 남아버린 우리가 있다. 그날의 우리에게만 소용하는.

4

I regret that there wasn't a drop of irony in it.

언어가 아름다운 건 벌어진 칸마다 마음을 담을 틈이 있어서, 투박한 진실이 마음을 울릴 수 있음에도 우리는 가끔, 아니 사실은 항상 의도되고 비틀린 말을 기대하고 부러 숨긴 한숨의 의미를 당신이, 당신만 알아채주길 바라고. 그렇게 가득 찬 순간만이 눈부시고.

그를 중심으로 하는 궤도를 갖는다. 그로부터 마음의 평정을 유지할 중력을 가지도록 스스로가 충분한 질량을 갖는다. 그다움을 있는 그대로 인정한다. 그외 부차적인 요소는 신경 쓰지 않는다.

A celestial body that is in orbit around the Sun. A celestial body that has sufficient mass for its self-gravity to overcome rigid body forces so that it assumes a hydrostatic equilibrium shape. A celestial body that has not cleared the neighbourhood around its orbit. A celestial body that is not a satellite.

5

참 이상한 일이에요. 틈이 날 때마다, 아니 온 갖 틈을 비집고 자꾸만. 이전에는 어떤 일상 속에 살았는지 잘 기억이 나질 않아요.

6

어젯밤 꿈에 누가 나왔나요. 주책없이 덜덜거리던 선풍기도 멈춘 주말의 어디쯤. 땀에 젖은 머리칼이 얼굴에 들러붙어도 손가락 하나 까닥할 수 없던 악몽 같은 한낮에 나보다 부지런한 장마가 자꾸만 문을 두드려 나는 그만 꿈보다 꿈같은 현실로 돌아와요.

7

네가 준, 내가 원래 가지고 있던 시집. 이미 지갑에 넣어버린 영수증. 나를 가운데 두고 앉아버린 커플. 할아버지가 쥐여준 꾸깃한 오천 원. 혹은 너무 오래 가지고 있어버린 목 늘어난 티셔츠. 이상한 집착. 쉽게 잃어버릴 수 없는 내가 어쩌지 못하는 첫사랑.

8

미련한 다짐 하나쯤. 아무도 모를 감정 하나쯤은 사실 떨쳐버릴 수가 없을 뿐인, 지난한 습성 하나 정도 가지고 있어야 마음은 할 말이 있다. 끊임없이 주위를 맴돌아, 빙글빙글 돌아 온 세상을 새삼 너를 중심으로 모든 가능한 원을 그리며 너의 곁에 닿지 않은 채 너를 그리며 가는 일.

9

그늘진 표정, 지친 광대, 내리깐 눈, 어두운 분위기 뭐든지. 여전히 아름다워서 어쩔 수 없구나. 벗어날 수 없이 끔찍이 즐거워하고 있었다. 한참을 누워서. 고개를 꺾고 가만히 잠시 잠깐씩 되돌아가 바라만 봤다. 취미보다 쉽고 특기보다 가벼운 일이었다. 그 무게에 하루가 다 뭉개져버릴 것 같았다.

10

　그녀는 안구건조증을 호소했다. 어느 날 그녀는 눈물이 그쳐버린 것을 깨닫는다. 눈물이 흐르던 때가 잘 기억나지 않았다. 대상을 잃고 나면 더 이상 관계를 말할 수 없게 되었던 것처럼. 기억은 그렇게도 약한가. 눈물 대신 잊어온 것들이 하나씩 떠올랐다. 잊힌 것들이 눈물 대신 흘러나왔다. 어떤 사라진 시간에 당신이 휩쓸려갔던 걸까.

11

닫힌 문 너머에는 언제나 그가 있어 나는 오히려 문을 열 수 없고 만다. 꿈을 열어젖히면 결국 물거품이 되고 그는 문을 열 때마다 사라지고 나는 기대하기 위해 늘 문을 닫아두고.

12

없다는 사실을 확인하기 위해 당신이 거기 없다는 사실을 확인하기 위해 얼마나 오랜 시간을 가고 있다. 마지막의 마지막까지 가고 있다. 당신이 거기 없다는 사실을 알고도 당신이 거기 없다는 사실을 확인하기 위해 마지막의 마지막까지 간다. 그래야만 마지막의 마지막까지 당신이 영원히 있다.

13

　내가 발견하기 전에 화젯거리가 되어버린 순간들을 돌아보지 않는 버릇은, 달의 운동 외에 나의 관심까지 필요한가 싶을 뿐이다. 나의 마음은 이미 사랑받는 너에게 줄 만한 너그러움이 없고. 나를 기다리는 버려진 행성. 빛을 위해 어둠에 잠긴 수많은 작은 이름을 불렀다. 사실은 다 타버린 불꽃들을 동경했을 뿐인데. 지나버린 시간을 세었다. 밤을 새었다. 별빛이 떨어지는 순간 세상이 끝나버리면 나는 이 순간마저 동경할 수 있을까. 그럴 리 없지. 나는 가질 수 없는 것만 아름답다고 생각하니까.

14

가장 자주 반복되는 가장 보통의 단어. 지극
히 평범하게 드러나는 영원의 순간에 매달린 보통
의 나날. 순간의 영원은 벗어날 수도 없는 가장 보
통의 순간으로 가득 차. 지극한 평범에서 우리는
벗어날 수도 없으니 당신의 이름을, 끝도 없는 울
림을 이어서.

15

하루가 지독하게 흘렀다. 생각이 나서, 술을
많이 마셔서, 입맛이 없어서, 남은 초콜릿을 탓하고
조금 울고 잤다.

16

　다시 생각이 났다. 아, 당신 웃는 게 생각나서 그걸 다시 못 볼 거란 게 그냥 좀 슬펐다. 나는 별 수 없이 다시는 만날 수 없는 표정을 죽 그려본다.

17

당신은 거만한 얼굴을 했다. 시시각각 바뀌는 오만한 표정을 했다. 당신은 태양이었다. 그렇게 자주 얼굴을 바꿨다. 손에 닿지 않는 곳에서 뜨겁고 찬란하게 나를 말려 죽일 참이었다. 태양 같은 것. 우주에 무한히도 많다던데 나는 다른 태양을 알아보기로 했다. 어느 외진 구석에서, 당신은 태양이었다. 나는 그런 당신을 바라보고만 있었다.

18

　태양은 여전히 저 위에 수직으로 내리꽂는데 나는 그림자를 접어 주머니 속에 구겨 넣었다. 어떤 시절에 그림자를 갖고 싶어 했던 것마저 무색해지도록 나는 그림자를 갈기갈기 찢고는 다른 별을 찾아야 해. 다른 해가 비추는 곳으로.

말을 한 겹씩 껴입고, 꽁꽁 싸매어서 눈동자
도 보이지 않을 때까지 아무것도 드러냈으나 모든
것은 드러나지 않고 내뱉은 말들은 거짓말이거나
복잡했거나 아무도 이해하지 못했다. 자꾸만 말을
하는 파격적 행보. 그것은 연일 화제가 되어 플래
시 세례를 받았다. 밖에 나가기 전에는 모두 말을
껴입고 단단히 말을 두르고 그런데 그것이 누구의
말인지는 말하는 입도 모르고.

20

느끼한 초콜릿을 욱여넣는다. 습한 여름 장마. 뜨거운 나의 손에 닿자마자 녹아드는 하얗고 까만 자국을 참아내고 끈적하고 달콤한 순간들을 전부 삼키려 하나씩 까먹는다. 미련하다 그냥 쓰레기통에 부어버리자. 아니 그 지난한 시간까지도 당신이 정말 거기에 있었다는 사실에 나는 더 이상 실수를 바로잡고 싶지는 않다.

21

　나는 엘리베이터를 타고 이십층에서 내려 한 층은 비상계단을 걸어 옥상으로 나왔어요. 나와는 상관없는 불빛과 어디론가 달려가는 차들을 한참 바라보다가 당신을 생각해요. 그만큼 나와는 상관없는 사람을, 덧없이.

22

당신에게 시답잖은 우스개소리를 하고 싶다는 생각을 했어요. 내 얼굴의 주근깨에서 흘러나오는 개구진 말들. 툭툭 던지기엔 걱정이 너무 많아서. 어쩜 그 가벼운 말들이 이만큼 무거워지는지.

23

택시에서 내려 마지막으로 전화를 건다. 나 아직 혼자 남아 정신 차릴 용기가 안 났거든. 마지막까지 전화를 붙잡고 늘어지다가 현관문 닫히는 소리에 신발장에 주저앉아 꺼이꺼이 운다.

나가며

/

　우리는 지나간 아무도 여기에서 만날 수 없겠지만 세모로 접었던 책의 모서리는 아무래도 자국을 남기기 마련이어서 나는 마음 한 켠을 여기에 포개어 놓는 일이 근심스럽다. 우울에 잠겨있는 당신 이제는 거기서 좀 나오래두. 우리는 다만 미련스러움이 자랑거리다.

하지만 역시,

온탕과 냉탕이 반복하는 이 삶이

나를 계속 나아가게 하는 거라고.

이해되지 못한 이유로 울었던 날들에 대하여

ⓒ 송재은 2021

독립출판 3판 1쇄 발행일 2022년 1월 11일
임시보관소 초판 발행일 2024년 5월 11일

글 송재은
책임편집·디자인 임시보관소

펴낸곳 임시보관소
이메일 project_imsi@naver.com
인스타그램 @project_imsi

출판 등록 2024년 01월 22일 제25100-2024-010호
ISBN 979-11-986424-1-7